LE
DERNIER AMI

POÈME

PAR THÉODOMIRE GESLAIN

MEMBRE DE LA SOCIÉTÉ DES TRAVAUX LITTÉRAIRES ET SCIENTIFIQUES DE
PARIS; DE LA SOCIÉTÉ ACADÉMIQUE DE St-QUENTIN;
DE LA SOCIÉTÉ D'AGRICULTURE, SCIENCES ET ARTS DE POLIGNY; DE LA SOCIÉTÉ
LITTÉRAIRE D'APT; MEMBRE FONDATEUR DU JOURNAL LITTÉRAIRE :
Le Concours des Muses.

PARIS

ARNAULD DE VRESSE, LIBRAIRE - ÉDITEUR

55, rue de Rivoli, 55

1869

LE
DERNIER AMI

POÈME

PAR THÉODOMIRE GESLAIN

MEMBRE DE LA SOCIETÉ DES TRAVAUX LITTÉRAIRES ET SCIENTIFIQUES DE
PARIS ; DE LA SOCIETÉ ACADEMIQUE DE St-QUENTIN ;
DE LA SOCIÉTÉ D'AGRICULTURE, SCIENCES ET ARTS DE POLIGNY ; DE LA SOCIETÉ
LITTÉRAIRE D'APT ; MEMBRE FONDATEUR DU JOURNAL LITTÉRAIRE.
Le Concours des Muses.

PARIS

ARNAULD DE VRESSE, LIBRAIRE-EDITEUR

55, rue de Rivoli, 55

1869

OUVRAGES EN PRÉPARATION

PAR

LE MÊME AUTEUR

Histoire de la Littérature contemporaine en Province, 2 volumes.

La Vie humaine, philosophie et métaphysique, 1 vol.

Les Chants du soir, poésies couronnées, 1 volume in-18.

Sonnets provinciaux, par les meilleurs poètes de Province, publiés par Th. Geslain.

Le Concours des Muses

JOURNAL DES POÈTES

Hebdomadaire.—Direction : 3, rue Brun, à Bordeaux.

Principaux collaborateurs :

Louis OPPEPIN, Julien LUGOL, Achille MILLIEN, LOUVET (de Couvray), Théodomire GESLAIN, etc.

DÉDICACE

A vous tous, chers Confrères, qui m'avez reçu parmi vous, je dédie ce poème comme un gage de remercie-ment et de reconnaissance.

Théodomire GESLAIN.

St-Maurice-lès-Charencey (Orne), 25 mars 1869.

LE DERNIER AMI

—◇◇—

Mon chien n'aimait que moi. Quand j'y songe aujourd'hui,
Je vois bien que j'étais tout l'univers pour lui.
Mme A. PENQUER.

O mon chien ! Dieu seul sait la distance entre nous ;
Seul il sait quel degré de l'echelle de l'être,
Separe ton instinct de l'âme de ton maître !
LAMARTINE

I

Si jamais vous passez un seul jour de la vie,
Dans l'antique cité de Brunn en Moravie,
N'oubliez pas d'aller visiter une fois
Un bouge où la misère eût son gite autrefois.
Afin d'y parvenir, vous suivrez la grand'rue,
Fort belle d'un côté, de l'autre toute nue :
A droite des maisons, de superbes clochers ;
A gauche, des prés verts et d'immenses rochers,
Au bout vous trouverez un édifice sombre,
Entouré de massifs qui s'agitent dans l'ombre.
C'est l'unique séjour des pauvres prisonniers
Qui se sont faits voleurs, — d'honnêtes ouvriers.
Lorsque vous serez là, vous tournerez à droite,
Vous suivrez quelque temps une ruelle étroite,
Pleine d'horreurs la nuit et déserte le jour,
Où l'on entend parfois le cri du noir vautour.

Mais c'est plus loin encore. Au bout de la ruelle,
Vous laisserez à gauche une maison nouvelle,
Vous marcherez vingt pas en suivant un sentier,
Puis vous redescendrez vers un toit, le dernier :
C'est là. — Quatre vieux murs faits de bauge et de bouc,
Troués en mille endroits où l'aquilon se joue,
Couverts d'un chaume noir, humide, infect, pourri,
Cachèrent le malheur et son héros chéri !

Jamais les habitants de ce pauvre domaine
N'apparaissaient joyeux à la foule mondaine,
Jamais le blond soleil et l'humble fleur des bois,
N'entraient dans ce reduit tous les deux à la fois,
Mais souvent vers le soir, quand passait dans la rue
Une foule d'enfants, — véritable cohue!
On entendait leurs cris de joie et de bonheur
Qui s'élevaient dans l'air pour narguer le malheur!
— Pourquoi ne pas laisser dans l'ombre de la ville,
Retirée en son coin la Misère tranquille,
Pourquoi donc l'agacer de mots durs et choquants,
Puisqu'elle peut toujours nous frapper en tous temps?
— Oui, l'on devrait sans cesse aimer celui qui tombe,
Lorsque sous le malheur l'âme humaine succombe,
Lorsque la sombre Envie, au front creux et blêmi,
Eloigne du foyer jusqu'au dernier ami...
Qui nous dit que demain, nous, riches à cette heure,
La paix ne fuira pas cette antique demeure
Où nos pères jadis en nous baisant le soir,
Sur un noble avenir asseyaient notre espoir ?
Qui nous dit que demain, ce soir, cette nuit même,
Dieu ne ravira pas ce que notre cœur aime,
Que nos brillants salons où l'or passe avant tout,
Ne seront pas déserts, — même brisés d'un coup?

Il ne faut point jouer avec le mal des autres :
Dieu, de nouveaux malheurs, peut augmenter les nôtres,
Lui, qui d'un souffle seul peut briser à la fois
Les grands et les petits, les sujets et les rois!..

Alexandre-le-Grand, jeune et rempli de charmes,
S'illustra dans les camps par la valeur des armes,
Il porta sur son front des lauriers immortels,
Puis au dieu Jupiter éleva des autels!
Il fit fleurir la Grèce, embellit Babylone,
Il se fit admirer, s'affermit sur le trône;
Il vainquit en cent lieux inconnus jusqu'alors,
Et des fruits du butin enrichit ses trésors.
Mais quand tous ses soldats eurent couru le monde,
Vaincu, brisé, détruit tout sur terre et sur l'onde,
Quand l'Asie à ses pieds embrassa ses genoux,
Le Roi des Rois aussi voulut frapper ses coups,
Et montrer au héros pour tous inattaquable,
Qu'il n'est rien d'impossible et rien d'invulnérable.
L'orgueil, le fol orgueil anima trop le feu
De ce prince insensé qui se croyait un dieu,
Seule, l'ambition l'empêchait d'être sage;
Sur lui l'intempérance exerça son ravage,
Car l'illustre mortel s'oubliait dans le vin,
Lui qui devait mourir des suites d'un festin!..
— Que nous a-t-il légué cet élu de la gloire,
Lui qui fit tant de bruit?

                        — Un beau nom pour l'histoire.

Revenons attentifs à cette humble maison
Où le bonheur jamais n'a porté son rayon,
Entrons un peu pour voir ce qui dedans se passe,
Loin du jour qu'une nuit continuelle efface,

Et tâchons de savoir si la main des malheurs
A terni de beaux jours en effeuillant leurs fleurs!

Je n'ai rien inventé de ce que l'on va lire;
Je suis fidèle en tout et ne fais que transcrire
Le récit que jadis me fit un émigré
Lorsque sur mon chemin seul je le rencontrai.

II

« Hélas! je suis reduit à vivre seul dans l'ombre :
Mon jour était bien pur, maintenant il est sombre,
Jadis tout l'univers me semblait être à moi,
Mais aujourd'hui, grand Dieu! je n'ai qu'un pauvre toit . ..
Qu'un pauvre toit désert! Encore dois-je le dire?
Vous qui m'avez connu, n'allez-vous point en rire?
Ce ténebreux réduit ou je finis mes jours
Appartient à la ville. — O mes vieilles amours!
O mon père! ô ma sœur! ô bonne et vieille mère!
Je suis indigne fils, je suis indigne frère!
J'ai dépensé le peu que vous m'avez donné,
Et je suis aujourd'hui de tous abandonné...
Tant que l'or a duré dans mes mains, la fortune
M'a souri, le plaisir m'a suivi sans rancune,
Et jamais mon hôtel n'était vide d'amis
Qui paraissaient m'aimer plus qu'ils n'avaient promis!
Chaque jour, chaque nuit voyaient dans ma demeure
Des grands bals costumés, de la joie à toute heure;
Hélas! rien n'ombrageait nos ris toujours nouveaux,
Nos festins embaumés, nos vrais soupers royaux!..
Eh! qu'auraient dit nos ducs, nos princes, nos princesses,
Nos intimes amis et nos folles maîtresses,
Si j'avais négligé seulement une fois
De paraître puissant, riche comme nos rois?

Oh! non, il me fallait chaque jour davantage
Dissiper tout mon or avec mon entourage;
Mais avec tout cela je vis bientôt finir
Mon mince patrimoine et mes amis partir!

« Rien ne m'appartenait; ma vie était réglée,
Mon jour était promis, ma nuit m'était volée,
Et quoique jouissant des plus fameux plaisirs,
Je devais satisfaire à mille autres désirs...
Le matin nous partions sur des coursiers superbes,
Foulant aux pieds les fleurs qui croissent dans les herbes,
Le fusil sur le dos, nos valets près de nous,
Et mille chiens courant joyeux comme des fous;
En chasse nous frappions tout sur notre passage,
Et nous moquant du pauvre heureux en son village :
« Travaillez, disions-nous, à rentrer ces moissons
« Dont bientôt tout le fruit viendra dans nos maisons,
« Travaillez, travaillez, villageois insipides,
« N'ayez point de repos, et sur vos fronts humides
« Laissez couler la sueur, salaire du travail
« Qui nous donne du vin pour nos coupes d'émail!.. »
Puis d'un rire fameux, le chapeau sur la tête,
Nous leur disions bonjour en poursuivant la fête.

« Au coucher du soleil quand la nuit descendait,
La troupe des chasseurs au château revenait,
On dansait une valse, et, la table servie,
Comme les autres soirs nous commencions l'orgie,
Qui, la parole haute et les coupes en main,
Ne finissait jamais qu'avec le lendemain.

« Il vient toujours un temps où nos extravagances
Détruisent à jamais nos chères espérances,

Où le bonheur passe ne veut plus revenir,
Car tout ce qui commence un jour devra finir.
L'année a ses saisons, l'une et l'autre se suivent;
Après les jours d'été, les mauvais jours arrivent,
La fleur s'ouvre aujourd'hui qui dès ce soir mourra,
Et d'elle au moins encor le parfum restera;
Mais à l'homme qui perd en débauches affreuses
Tout l'or que ses aïeux, vieillards aux mœurs heureuses,
Ont amassé pour lui sans trop de vanité,
Il ne reste plus rien, rien que la pauvreté!.. —

« Quand du sort trop cruel je ressentis la chaîne,
Mes amis m'ont quitté sans consoler ma peine,
Ils riaient tous entr'eux de nos anciens plaisirs,
Alors que ma richesse accueillait leurs désirs.
Hélas! je vivais seul, seul et traînant ma vie
Comme un être insensé, sans amour, sans génie,
Abandonné de tous malgré de vains efforts,
Moins de l'affreux tourment que cause le remords!
Je n'avais plus, ô Dieu! rien pour m'aider à vivre,
Qu'un malheur incessant qui ne fait que me suivre,
Car tous mes vieux amis ont quitté ma maison
Quand pour les conserver je n'avais plus qu'un nom...

« Ainsi que je l'ai dit, je vis seul sur la terre,
Nul ne vient maintenant pour chasser ma misère,
Oh! je mourrais bientôt si, pour unique bien,
Je n'avais pas encor l'amitié de mon chien!
Mon pauvre chien c'est tout, oui tout ce qui me reste,
Car, ô mon Dieu! sans lui, le monde m'est funeste,
Mais son œil chaque jour, exprime le bonheur
Qu'il a de partager avec moi le malheur. —

Nous vivons là tous deux, là, dans cette chaumière
Où le soleil jamais n'apporte sa lumière,
Où pas le moindre feu ne brille à mon foyer,
Où je puisse le soir seul me désennuyer.
Hélas! que devenir! ma misère est profonde,
Et je suis sans vertus aux yeux de tout le monde!
Que faire maintenant quand je me vois réduit
A mendier le jour, à pleurer chaque nuit?
Voyez autour de moi! voyez! pas une pierre
Où je puisse le soir réciter ma prière,
Où je puisse, à genoux, les yeux levés au ciel,
Adorer le Seigneur, pour moi l'essentiel!
Mais Dieu m'aimerait-il? Dieu veut que je travaille
Et je ne le peux point!.. Voyez ce lit de paille,
C'est là que je regrette, à genoux, près d'Argus,
De mes propriétés les derniers revenus.
Mais non, tout est fini... je n'ai plus dans mon âme
Ce que, pour vivre heureux, l'homme ici-bas réclame,
Tout ce que pour jouir d'une durable paix
Dieu veut que dans nos cœurs nous ayons à jamais!
Adieu donc, ô ma vie! ô ma triste jeunesse!
O mes beaux jours flétris dans une folle ivresse!
Adieu donc, ô plaisirs! ô jouissance, adieu .
La terre me déteste et je suis en ce lieu!..
Adieu, je n'ai plus rien.., et quand souffle la brise,
Je n'ose encor le soir m'avancer vers l'église,
Car j'ai honte d'unir dans le temple sacré
Aux marches de l'autel mon front deshonore.

« Un jour que je pensais à mes tristes folies,
Aux souvenirs charmants de ces femmes jolies,
Qui chaque soir m'aidaient à dissiper mon bien ,
Un jour que soucieux je caressais mon chien,

Une main sur son front, l'autre appuyant ma tête,
L'œil fixe, et dans le cœur comme un vent de tempête,
Je pleurais.... mais hélas! à quoi sert de pleurer,
Lorsque du Dieu puissant l'on peut tout espérer?....
A voir Argus sans joie et l'oreille baissée,
On eût dit que sans cesse il savait ma pensée,
On eût dit que son être en tout pareil à moi,
Regrettait le passé qui nous glaçait d'effroi!
Pas un mot ne sortait de ma fébrile bouche;
Etendu sur le foin qui me servait de couche,
Je maudissais les biens que j'avais tous perdus.

« Le passé ce n'est rien, mais l'avenir est plus.

« Aussi lorsque je crus, du fond de ma demeure,
Entendre dans le ciel sonner ma dernière heure,
Faisant au monde encor l'aumône d'un regard,
J'écrivis sur le mur ces deux mots au hasard :

« Adieu, globe fangeux, détrempé par mes larmes,
« O toi dont les plaisirs enfantent de doux charmes,
« Je vais t'abandonner, je ne sais plus souffrir :
« Quand l'homme perd l'espoir, il faut bien qu'il succombe !
« Je suis las de la vie et j'aime mieux la tombe;
            « Adieu! je vais mourir!

« Hier, la vie encor m'apparaissait joyeuse,
« Le ciel de l'avenir semblait combler mes vœux,
« Je disais : J'ai péché, mais une âme pieuse
« Peut racheter le crime et rendre l'homme heureux.

« Helas! l'illusion me berçait dans un rêve,
« Mort pour le monde enfin, j'avais l'éternité,

« Ciel! je vois le passé qui me poursuit sans trève,
« Et ma punition est la réalité!....

« Oui, la réalité; car tout homme m'abhorre
« Qui m'a connu jadis blasphémant le Seigneur,
    « Ma faute, je l'expie encore
    « Et ne connais que le malheur!

« Enfin, je dois finir! je le sens en moi-même!
« Si Dieu m'a pardonné dans sa bonté suprême!
« Je mourrai dans la joie à côté de mon chien;
« Il est le seul ami qui m'a resté fidèle,
« Et je meurs en disant : Sur la terre si belle,
« Un ami, quel qu'il soit, est toujours un grand bien! »

« Lorsque j'eus terminé cette plainte sincère,
Je vis mon pauvre Argus qui regardait la pierre
Où ma débile main avait signé mon nom.
Hélas! cet animal avait-il la raison,
Puisque parfois ses yeux tout humides de larmes,
Pour combattre le sort, étaient ses seules armes?
Les pleurs, oh! c'est beaucoup, mais souvent, bien souvent
Ils ne soulagent point au-delà d'un instant!
— Argus ne bougeait pas dans sa muette extase,
Je l'entendais gémir au bout de chaque phrase;
Il pleurait, j'en suis sûr, mieux que l'homme n'eût fai
Car sur les grands, le mal du pauvre a peu d'effet! —
Combien j'aimais Argus avec sa tête grise
Dont les poils se dressaient au souffle de la brise,
Combien j'aimais ces pleurs qu'il donnait à mes maux
Quand je considérais mes habits en lambeaux!...
— « Mon vieil ami, lui dis-je, en caressant sa tête,
« Je t'ai bien fait souffrir lorsque j'étais en fête,

« Mais en ces jours de deuil, qui respecte ma foi? »
Et d'un regard le chien semblait répondre : « Moi! »

III

Quand le voile des nuits eût fait place à l'aurore,
Dans son réduit infect l'homme vivait encore;
Mais pour toujours la vie allait l'abandonner,
Tant son malheureux sort semblait le consterner.
Les yeux rouges de sang, et l'écume à la bouche,
Il se tordait les bras sur son humide couche,
Il criait, s'irritait, mais ne blasphémait pas
Ce Dieu qui lui donnait un si cruel trépas.
Les pauvres vêtements de cet homme en délire
Pendaient en cent lambeaux que je ne puis décrire,
On eût dit à le voir dans un semblable sort
D'un vieillard qui veut vivre en combattant la mort!
Il souffrait beaucoup plus qu'il n'avait sur la terre
Souffert pendant quatre ans au sein de la misère !
Il souffrait, ô mon Dieu! mais tout allait finir,
Car quoique jeune encore, il lui fallait mourir....
Argus aussi suivait l'exemple de son maître,
Car ses flancs s'agitaient vivement, le pauvre être
Sur lui-même tournait sans s'en apercevoir,
Tant il sentait en soi le feu du désespoir,
Puis hélas! tout-à-coup, rentré dans son silence,
Il léchait les deux mains du pauvre homme en démence,
Comme s'il eût compris qu'avec un peu d'effort,
Ses soins pouvaient sauver son maître de la mort. —
Mais il fallait la tombe à ce front misérable,
Victime de la soif d'un plaisir périssable.

Quand la brise du soir au coucher du soleil
Vint repandre ici-bas la douceur du sommeil,

Le moribond pâlit, son esprit fuit le monde
Qui seul avait causé sa misère profonde,
Loin de ce monde avide et plein de passions
Qui cherche à perdre l'homme en mille occasions.

Pendant qu'au champ des morts pour lui s'ouvrait la terre,
Pas un seul homme, hélas! n'accompagnait la bière,
Non, pas même un seul prêtre et pas même un enfant
N'allait verser des pleurs, — tout était triomphant!
Seul, le chien, à pas lents suivait, pleurant peut-être,
Le modeste cercueil qui lui cachait son maître;
Il avait l'œil éteint et ne disait plus rien :
Car il souffrait beaucoup, hélas! ce pauvre chien!
On eût dit à le voir à l'oreille baissée,
Qu'il avait tout perdu, que c'était sa pensée!...

Enfin lorsque la terre eût recouvert le corps,
Le pauvre vieil Argus gémit avec efforts;
Il ne regagna point son gîte de la veille,
Il lui fallait rester où son maître sommeille;
Il y passa les jours, puis les nuits, puis les mois,
Jusqu'à ce que la mort le soumit à ses lois,
Acceptant avec peine un peu de nourriture
Qu'un gardien lui donnait à petite mesure,
Mais en mourant ainsi, le chien nous faisait voir
Qu'aimer le malheureux fût toujours son devoir.

(1868 - 1869).

LA MÈRE ET L'ENFANT (*)

ELÉGIE

A mon ami Louis OPPEPIN

Médaille de bronze à la Société de Poligny, en janvier 1869

> La Providence te fait grâce
> Des jours que tu devais couler !
>
> J. REBOUL.

Cache-moi bien petite mère,
Je crois que je vais te quitter ;
Cache-moi bien, car sur la terre,
Seul avec toi je veux rester !

Une main touche mes épaules,
Et je ne vois rien près de nous,
Que les branches de ces vieux saules
Qui s'inclinent vers nos genoux !

Mère, vois donc ! vois l'herbe tendre,
Elle ressemble au grand soleil,
Qui le matin vient me surprendre
Pour me sourire à mon réveil !

(*) Cette pièce est extraite des poésies de l'auteur, couronnées et publiées en Province.

Vois le feu qui nous environne,
Entends la voix qui vient des cieux :
« Petit enfant, une couronne
« Convient à ton front radieux !

« Suis-moi sur la rive éternelle,
« Laisse le monde à ses plaisirs;
« Je viens t'abriter sous mon aile,
« Je viens pour combler mes désirs.

« Laisse le sable de la plage,
« Pour être jaune il n'est pas d'or,
« Suis-moi : vers un autre rivage
« Tu pourras t'amuser encor!

« La terre n'est rien pour ton âme,
« Pour elle il est de plus doux lieux;
« La voix des anges te réclame :
« Vite allons les rejoindre aux cieux!.. »

—Seigneur, laissez vivre sur terre
Ce fruit charmant de mes amours,
Quand je vieillirai, moi, sa mère,
Il consolera mes vieux jours.

Seigneur, vous avez d'autres anges,
Je n'en ai qu'un, laissez-le moi!
Prince des célestes phalanges,
Ne prends pas mon enfant pour toi!

— Ne pleure pas, mère chérie,
Il me faut quitter ces beaux lieux,
Je pars.... ma nouvelle patrie
Est un séjour délicieux!

—Mon enfant! mon amour!.—Courage!
La mort n'est rien, la vie est tout!
Je pars , il le faut : le rivage ,
O mon Dieu! s'obscurcit partout!—

Et dans un tourbillon de flamme
L'enfant s'élance vers son Dieu,
Sa mère à genoux le réclame,
Mais lui d'en haut criait : «Adieu!...»

(Novembre 1868).

9 782019 968540